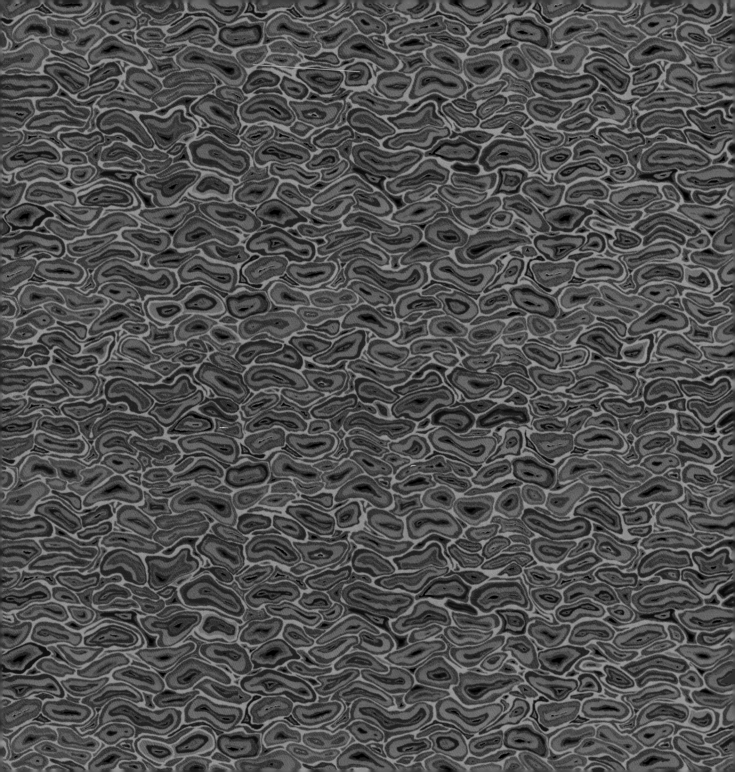

A los niños del Delta del Orinoco

**EDICIONES**
**ekaré**

Edición a cargo de Elena Iribarren
Diseño gráfico: Irene Savino y Jacinto Salcedo

Tercera edición en tapa dura, 2016

© 1994 Ediciones Ekaré

Av. Luis Roche, Edif. Banco del Libro, Altamira Sur. Caracas 1060, Venezuela
C/ Sant Agustí, 6, bajos. 08012 Barcelona, España

www.ekare.com

ISBN 978-84-944050-8-2 · Depósito Legal B.16757.2015

Impreso en China por RRD APSL

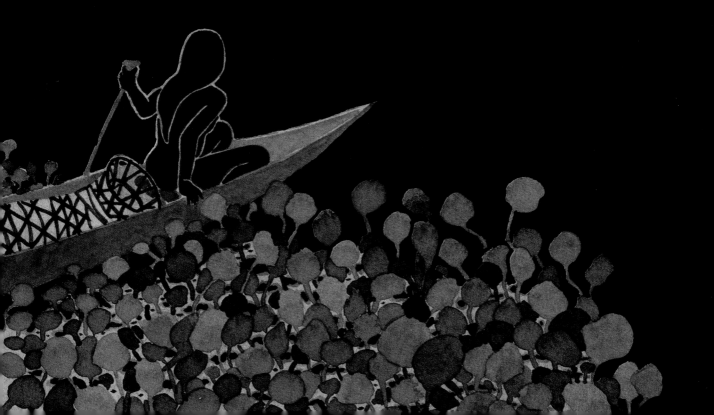

# EL DUEÑO DE LA LUZ

## Cuento warao

Recopilado por Ivonne Rivas

Ilustrado por Irene Savino

Ediciones Ekaré

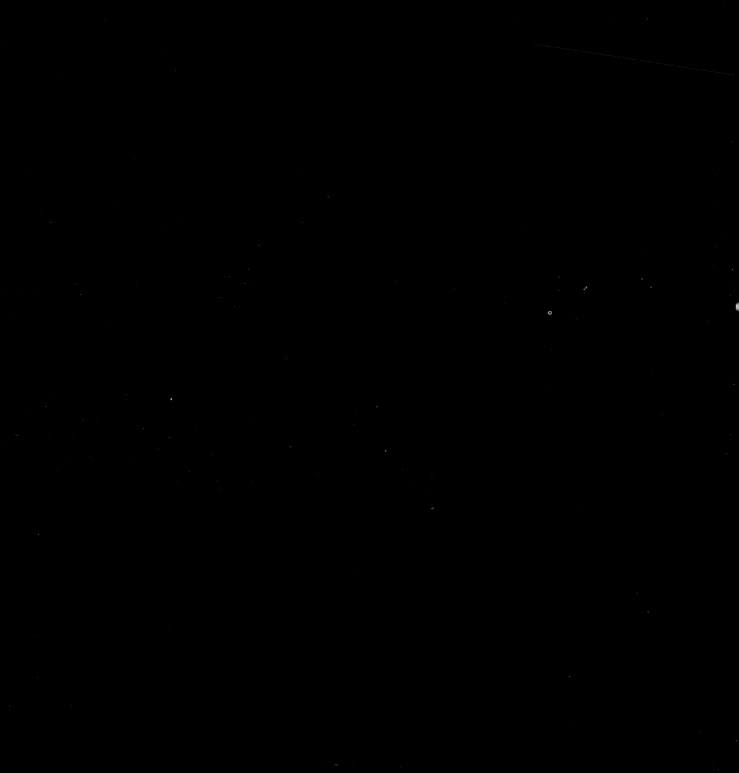

la gente vivía en la oscuridad.

Los warao buscaban

los frutos del moriche en tinieblas

y preparaban yuruma

a la luz de la candela.

En ese entonces no existían

ni el día ni la noche.

Un hombre que tenía dos hijas

supo que hacia el oriente vivía un joven

que era el dueño de la luz.

Llamó entonces a su hija mayor y le dijo:

«Ve donde está el dueño de la luz

y me la traes».

Ella tomó su mapire y partió.

Encontró muchos caminos y siguió

el que la llevó a la casa del venado.

Allí conoció al venado

y se entretuvo jugando con él.

Luego regresó donde su padre,

pero sin llevar la luz.

Entonces el padre llamó a la hija menor

y le dijo: «Ve donde está el joven dueño

de la luz y me la traes».

La muchacha tomó su mapire y partió.

Siguió el buen camino

y, después de mucho navegar,

llegó a la casa del dueño de la luz.

—Vengo a conocerte —le dijo la muchacha—,

a estar contigo y a obtener la luz para mi padre.

Y el dueño de la luz le contestó:

—Te esperaba.

Ahora que llegaste, vivirás conmigo.

El joven tomó una caja

que tenía guardada, el torotoro,

y, con mucho cuidado, la abrió.

La luz lo iluminó.

Un blanco resplandor

encandiló a la muchacha.

Así ella descubrió la luz,

y el joven, después de mostrársela,

la guardó.

Pasó el tiempo. El joven sacaba la luz

del torotoro y hacía la claridad

para la muchacha.

Jugaban con la luz y se divertían.

Por fin, la muchacha recordó

que tenía que volver

a casa de su padre y llevarle la luz

que había ido a buscar.

El dueño de la luz se la regaló y dijo:

«Toma la luz. Así podrás verlo todo».

La muchacha regresó

donde su padre y le entregó la luz

encerrada en el torotoro.

El padre se alegró al verla.

Tomó la caja, la abrió y la colgó muy alto,

en uno de los troncos del palafito.

Los rayos de luz iluminaron

las aguas del río, las hojas de los mangles

y los frutos del moriche.

Al saberse en los distintos pueblos

del delta que existía una familia

que tenía la luz, los warao quisieron

ir a conocerla.

Llegaron curiaras y más curiaras

llenas de gente y más gente.

Y nadie se marchaba porque los warao ya

no querían seguir viviendo en tinieblas.

El padre de las muchachas

no pudo soportar más a tanta gente

dentro y fuera de su casa.

—Voy a acabar con esto —dijo—.

Si todos quieren la luz, allá va.

Y de un fuerte manotazo,

rompió la caja y lanzó la luz al cielo.

El cuerpo de la luz voló hacia oriente

y la caja, hacia occidente.

Del cuerpo de la luz se hizo el Sol;

y de la caja en que la guardaban, del torotoro,

surgió la Luna.

De un lado quedó el Sol

y del otro, la Luna.

Pero, como todavía llevaban la fuerza

del brazo que los había lanzado,

el Sol y la Luna marchaban

muy rápido por el cielo.

El día y la noche eran muy cortos

y amanecía y oscurecía a cada rato.

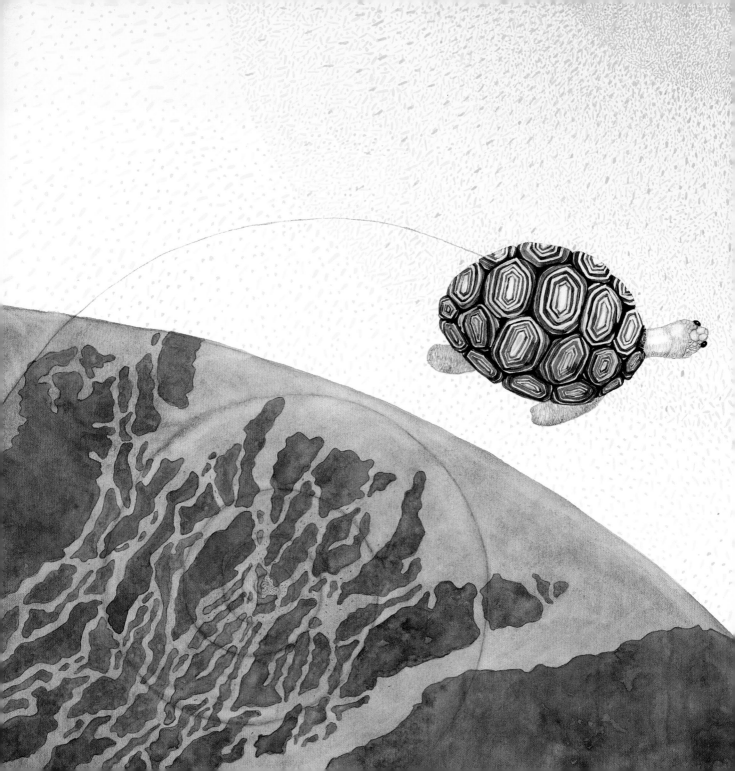

Entonces el padre le dijo a su hija menor:

«Tráeme un morrocoy pequeño».

Cuando el padre lo tuvo en sus manos,

esperó a que el sol estuviera sobre su cabeza

y se lo lanzó, diciéndole: «Toma este morrocoy.

Es tuyo, te lo regalo. Espéralo».

Desde ese momento, el Sol se puso

a esperar al morrocoicito...

... y, cuando volvió a salir,

el sol iba poco a poco,

como el morrocoy,

como anda hoy, alumbrando

hasta que llega la noche.

LOS WARAO habitan los caños y las islas del delta del Orinoco, en el extremo nororiental de Venezuela. El nombre *warao* significa 'gente de canoa', lo cual refleja la importancia que tiene esta embarcación en la vida de los habitantes del delta. Los niños aprenden desde muy jóvenes a manejar su curiara, o canoa, a bordo de la que pasarán gran parte de su vida. Tradicionalmente, cuando moría un warao lo sepultaban en su curiara.

En las islas pantanosas del delta, abundan diversas especies de palmeras; una de ellas, la palma moriche, es considerada como 'el árbol de la vida'. Antes de la introducción de nuevos cultivos como el ocumo chino, el arroz, el maíz, la yuca y el plátano, la comida básica de los warao era la yuruma, preparada con el almidón extraído de la fécula del moriche. También los frutos y el corazón, la savia y hasta las larvas que se crían en los troncos de estas palmas se aprovechan como alimento. Otras partes del moriche sirven para la fabricación de pisos, techos, cuerdas, arpones y excelentes chinchorros.

La casa es conocida como *hanako* o 'lugar del chinchorro': es este el único mobiliario en las viviendas tradicionales. En las comunidades ribereñas, un tipo de casa, el palafito, se construye sobre troncos a orillas de los caños. El fogón permanece encendido y está a cargo de las mujeres: durante el día, se utiliza para cocinar, y, de noche, se coloca debajo de los chinchorros para que dé calor y ahuyente a la plaga. Tradicionalmente, las pertenencias más importantes y los objetos rituales se guardaban en 'torotoros', bellas cajas o petacas tejidas.

IVONNE RIVAS, recopiladora de este relato, es licenciada en Letras de la Universidad Central de Venezuela. Ha realizado investigaciones de antropología cultural y lingüística entre la etnia warao. El informante de la presente versión es Erasmo Sánchez, habitante del caño Winikina en el delta oriental.

IRENE SAVINO nació en Caracas, pero pasó casi toda su infancia en un pequeño pueblo de la Toscana, en Italia. Estudió en el Instituto de Diseño Neumann de Caracas y la Parson's School of Design de Nueva York. Ha sido profesora de ilustración y edición de libros para niños en Venezuela y España, donde vive en la actualidad. Desde 1985 es Directora de Arte de Ediciones Ekaré, editorial con la que ha publicado varios libros.
Para realizar las ilustraciones de EL DUEÑO DE LA LUZ, realizó un emocionante viaje al caño Waranoko del delta del Orinoco.

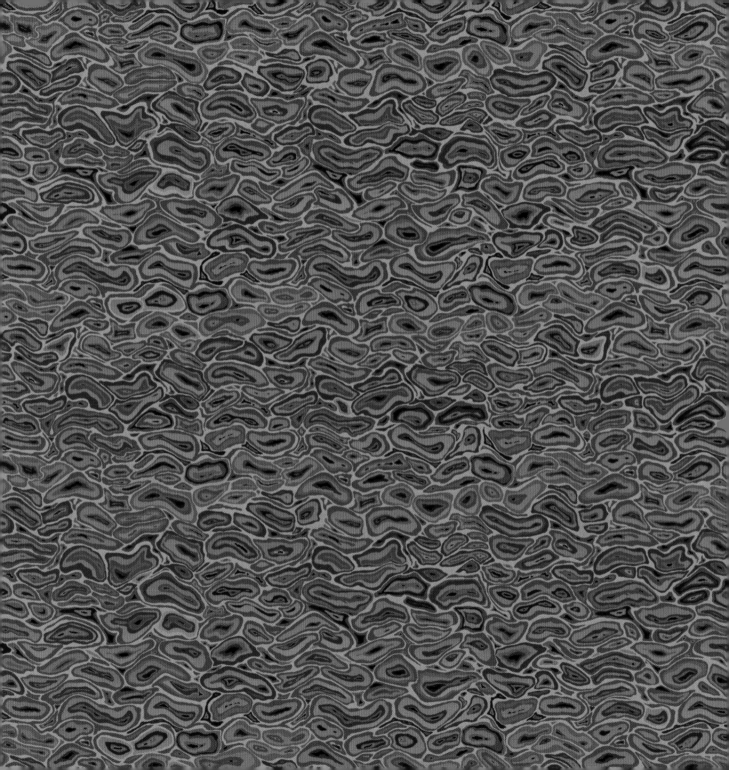

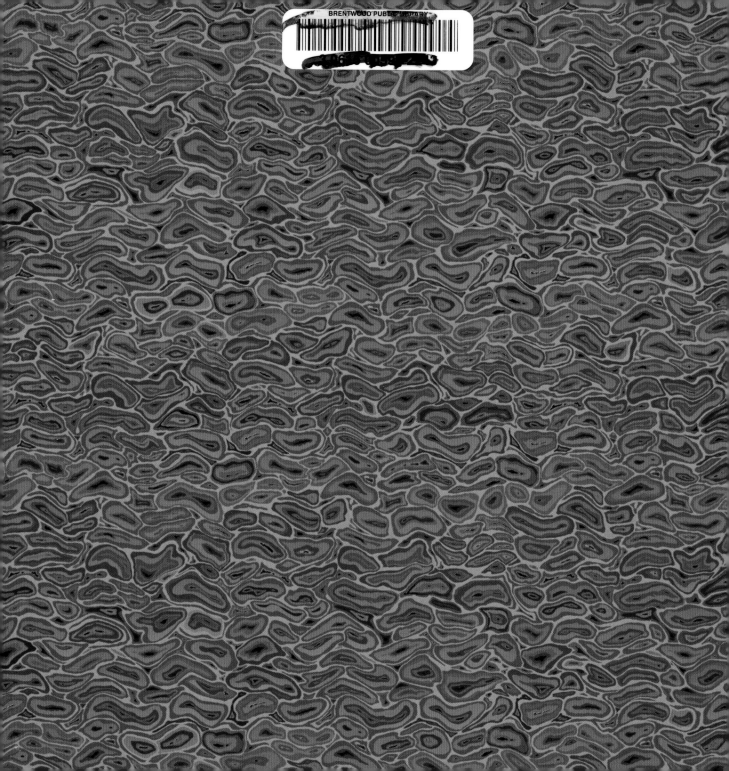